Para Jake Berube

Es un ratón.

Es un asno.

¡Es un

LANE SMITH

Es un mono.

libro

OCEANO travesía

¿Qué tienes ahí?   Es un libro.

¿Cómo ajustas la página?

No funciona así.
Paso las páginas.
Es un libro.

¿Puedes hacer
que los personajes
se peleen?

No.
Libro.

¿Envía mensajes?

No.

¿Tweetea?

No.

¿Tiene Wi-Fi?

No.

¿Puede hacer esto?

No...

es un libro.

Mira.

"Ahhhhhhhh", gruñó Long John Silver, "¿entonces estamos de acuerdo?". Desenvainó su enorme sable con una risa maníaca. "¡Ja, ja, ja!". Jim estaba petrificado. El fin estaba cerca. De repente, divisó un barco en la lejanía. Una sonrisa se dibujó en el rostro del muchacho.

112

Demasiadas letras.

Déjame arreglarlo.

Y...

¿qué más hace este libro?

¿Necesita una
contraseña?

. No.

¿Necesita
un nombre
de usuario?

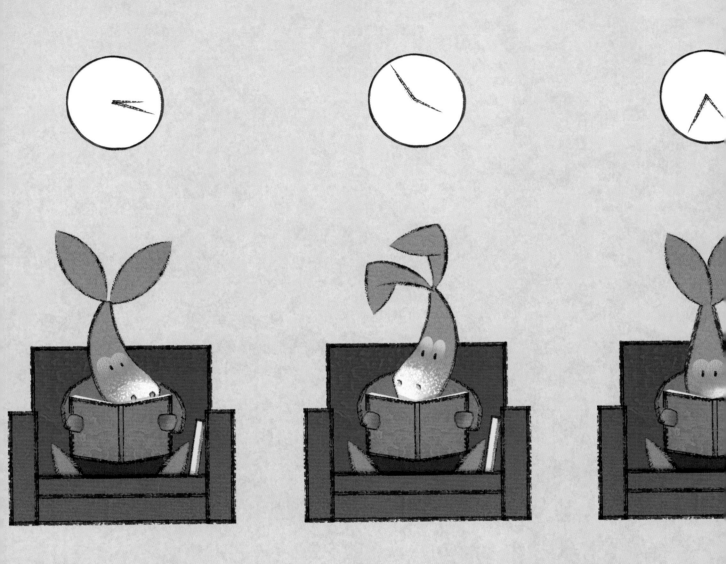

¿Me devuelves el libro?

No.

De acuerdo . . .

Iré a la biblioteca.

No te preocupes, ¡lo recargaré cuando termine!

No es necesario ...

ES UN LIBRO, ASNO.

Editor de Océano Travesía: Daniel Goldin

¡Es un libro!

Título original: It's a Book

Tradujo Sandra Sepúlveda Martín de la edición original en inglés de Roaring Brook Press

© 2010 LANE SMITH

Publicado según acuerdo con Roaring Brook Press, una división de Holtzbrinck Publishing Holdings Limited Partnership. Todos los derechos reservados.

D.R. © Editorial Océano, S.L.
C/ Milanesat 21-23, Edificio Océano
08017 Barcelona, España
www.oceano.com

D.R. © Editorial Océano de México, S.A. de C.V.
Blvd. Manuel Ávila Camacho 76, 10º piso
11000 México, D.F., México
www.oceano.mx

PRIMERA EDICIÓN 2010

ISBN: 978-84-494-4202-5 (Océano España)
ISBN: 978-607-400-395-6 (Océano México)

IMPRESO EN ESPAÑA / PRINTED IN SPAIN
9003016010111